MÉDITATIONS

SUR

LA POLÉMIQUE DU JOUR

PAR

M. COINZE, D'ALTROFF (Meurthe)

TYPOGRAPHIE DE J. FREY

RUE CROIX-DES-PETITS-CHAMPS, 55

—

1847

INTRODUCTION

Quelque partie du globe qu'un citoyen habite, il se trouve nécessairement appartenir à une famille, à une nation quelconque; nécessairement aussi, il doit soutenir les intérêts de sa nation, de sa famille. Il aime, il recherche le bien, il craint et évite le mal pour lui et ses concitoyens; il ne peut souffrir que le mal arrive; bien plus, il ne veut pas qu'on dise du mal de lui et de ses compatriotes. Voit-il son concitoyen en danger, il l'en prévient ; prévoit-il quelque avantage, il l'en avertit; enfin, il veut le bien pour tous, il le veut aussi pour lui.

Sur toute grande famille, doit indispensablement

dominer un chef pris parmi elle, soit comme aîné, soit pour quelque motif déterminant quelconque. Ce chef a le droit de diriger tout; mais, ne pouvant suffire à tout faire lui-même, il subdivise son pouvoir avec une telle intelligence dans la répartition des tâches, avec un tel ordre que, sans s'appuyer plus fort sur l'un que sur l'autre, tout marche comme s'il n'y avait qu'une seule main directrice. Tant que cette machine fonctionne bien, on doit s'efforcer de la maintenir dans le même état; et, si quelque partie est plus fatiguée que l'autre, le chef doit y remédier, soit par un remplacement, soit par une rectification dans le rouage dévié. Donc, pour que la marche soit régulière, il faut une exacte surveillance; il faut que l'administrateur soit juste envers ses administrés; il faut que les administrés gardent respect et soumission pour l'administrateur ; il faut enfin que chacun remplisse la tâche qui lui est dévolue pour assurer l'harmonie parfaite dans la famille générale.

Quand tout marche ainsi, que tous se respectent et s'aiment, les membres de cette famille ne voient rien de mieux, rien de plus beau qu'eux : or, voilà ce véritable amour de la famille que nous appelons amour de la patrie. Tous se respectent, tous s'aiment : de là, l'union ; et de l'union naît la force. En effet, un étranger vient ; il attaque un des membres : par ce fait, il attaque toute la famille ; toute la famille se lève alors et le repousse.

Si tous les habitants d'un même pays s'entendent parfaitement et par là se trouvent bien, ils peuvent s'attendre qu'il en soit de même dans une autre nation ; et, s'ils n'aiment pas que les étrangers leur viennent chercher querelle, il ne faut pas non plus qu'ils attaquent les étrangers. Si donc toutes les nations agissent ainsi les unes envers les autres, il en résultera une union générale. Alors, voyageant isolément d'un peuple à un autre, on le fera comme si l'on ne sortait pas de sa famille : partout s'établit aide, protection ; le commerce de la vie est partout rendu agréable.

Malheureusement, c'est un vice inhérent à la nature humaine d'être sujette à l'erreur, partant à toutes sortes de calamités. Dans des discussions désagréables, fruit de l'erreur, chacun croit avoir pour lui la raison : la passion s'en mêle et aveugle les parties, qui ne discernent plus le vrai. Qui doit alors juger le différend? C'est la famille, qui n'a aucun motif de partialité, qui voit la chose telle qu'elle est, qui reconnaît où est le tort ; c'est elle qui doit sagement intervenir pour rétablir l'union. Je dis *sagement* : car il ne suffit pas de savoir que l'un a raison et l'autre tort, il ne suffit pas de prononcer un brusque jugement. Par ce motif, que la nature humaine a ses défauts, on doit mener les choses de telle sorte qu'on ne gonfle pas trop l'amour-propre de l'un, et qu'on ne froisse pas la susceptibilité de l'autre, pour que l'union, résultat de cette médiation, soit franche et sincère; autrement, on n'aurait fait que retarder le mal que cette désunion doit produire.

La grande famille de la France, notre belle patrie, s'est souvent trouvée dans cette crise de désunion, soit entre ses membres, soit entre elle et ses voisins. Souvent aussi, au lieu de rencontrer des

chefs sages et prudents intervenant comme média-
teurs, elle s'est vue exposée aux malheurs que doit
amener le cas contraire; elle a été en butte à des
excitateurs : une famille jalouse de la position avan-
tageuse de la famille française, au lieu de la rame-
ner à l'union, venait lui souffler la discorde sous
le masque de la bonne foi. Mais comment a-t-il pu
arriver que les Français, peuple à la fois le plus
spirituel et le plus clairvoyant, aient admis les insinuations de cette famille jalouse, n'ait pas rejeté
loin ses soi-disant bonnes intentions ou tout au
moins fait la sourde oreille?

La grande famille se trouve en ce moment dans
ces deux cas ou feint de s'y trouver. Je dis, *ou feint
de s'y trouver ;* c'est qu'il n'est guère possible de
croire qu'elle le pense sérieusement. Malheureusement, à force de feindre, on arrivera à croire, et
cette croyance mène directement au mal. Ainsi le
malade qui croit l'être finit par le devenir. Appar-
tient-il à un des membres de cette famille de dire
franchement sa façon de penser sur plusieurs points
de la polémique du jour; voudra-t-on l'écouter un

instant ? Oui; et un habitant de la Lorraine Alle-
mande, qui a un cœur tout français, revendique le
droit qu'il a d'en parler un instant. Quoique faisant
partie de ce peuple, qu'on qualifie de *traître à Dieu
et à son prochain*, il tient à démentir ce dicton popu-
laire. Il ne veut traiter que trois points bien dignes
d'attention : le mariage du duc de Montpensier, la
catastrophe récente qui vient d'abattre la Pologne,
la misère générale qui poursuit le pauvre et met
l'ouvrier dans la détresse.

Sur ces trois points, il va faire connaître sa façon
de penser, ne réclamant d'indulgence que pour son
langage peu fleuri, pardonnable à un Lorrain alle-
mand.

MÉDITATIONS

SUR

LA POLÉMIQUE DU JOUR

MARIAGE

DE M. LE DUC DE MONTPENSIER

Y a-t-il chose au monde plus naturelle, moins compliquée que le mariage de M. le duc de Montpensier avec l'infante d'Espagne ? Pourtant, certains journaux français en font grand scandale, les Anglais font mine d'en être offensés, les trois grandes puissances du Nord, dit-on, en sont fort mécontentes.

Ceux des Français qui blâmeraient ce mariage comme compromettant la paix générale, comme pouvant nous brouiller avec nos voisins d'outre-mer, se tromperaient certainement sur les résultats que devra nous amener cet événement. Si l'Angleterre en a du ressentiment, si les trois grandes puissances trouvent à s'en plaindre, c'est un malheur ; mais leur mécontentement a certainement mauvaise grâce et il ne faut pas s'en effrayer. Laissons-leur le temps de la réflexion, elles reviendront d'elles-mêmes là-dessus.

Qu'y a-t-il, en effet, d'extraordinaire dans ce mariage ? Un prince du sang royal ne jouira-t-il pas du même droit que tout autre citoyen français, celui de faire choix d'une épouse ? La princesse espagnole

1

n'est-elle pas dans le même cas? La seule question
reste donc celle-ci : Y avait-il quelque motif pré-
pondérant de politique qui mît obstacle à cette al-
liance?

D'une part, le prince français, par son rang, pouvait prétendre à la main de toute princesse d'Europe, et tous les princes de l'Europe, d'autre part,
pouvaient aspirer à devenir époux de la princesse : de
part et d'autre, il y avait de quoi attirer l'attention,
exciter les vœux, satisfaire l'ambition: Or, qu'est-il
arrivé? La chose du monde la plus naturelle. Le
prince français et l'infante d'Espagne se sont agréés ;
du consentement des deux familles, ils se sont unis,
et, à la satisfaction des deux trônes comme à celle
de la grande majorité des habitants des deux pays,
le mariage s'est consommé.

Certains journaux, ai-je dit, se récrient contre ce
mariage. Pourquoi? parce que, disent-ils, il doit
altérer l'entente cordiale; les Anglais y voyent une
violation du traité d'Utrecht qui s'oppose à la réunion sur une même tête des couronnes de France
et d'Espagne. Si l'on n'a pas d'autre motif à donner,
c'est craindre le mal bien longtemps avant qu'il
n'arrive. Les Anglais ont bien trop de bon sens pour
se préoccuper d'un motif qui n'en est pas un. Mais,
si l'on prétend que ce peuple a été trompé dans son

attente, que la préférence qu'ont obtenue les Français fait bouder leurs rivaux, on ne sera pas loin, je
crois, de la vérité.

L'Angleterre pouvait présenter un prince de son
choix, qui fût digne de la main de l'infante. Si la
princesse espagnole l'eût accepté, le prince français
se serait retiré, laissant la place à plus heureux que
lui, et la France se fût résignée. Mais le contraire
est arrivé. Qu'on se résigne donc aussi.

Il est établi qu'aucun intérêt politique ne mettait
alors obstacle au mariage : il pouvait donc se faire
librement entre les deux familles, sans que les
étrangers y pussent mettre opposition valable. Qu'im-
portaient du reste les formes de publication du mariage? N'est-il pas de principe que ce qui se peut
faire directement peut être fait indirectement?

En apprenant ce mariage, l'Angleterre, dans un
premier mouvement de colère, avait invoqué, pour
faire plus d'effet, le fameux traité d'Utrecht : elle
aurait voulu entraîner l'Europe contre la France;
mais son adversaire a tenu ferme. Alors, se voyant
maladroitement fourvoyée, elle a pris un autre pré-
texte. Le ministre anglais a prétendu que le ministre
français avait manqué de procédés envers lui, dans
la manière d'annoncer la résolution des deux fa-

milles ; sorte de consolation qu'on éprouve à jeter sa colère, à tort ou à raison, sur son confrère heureux.

Le roi et la reine des Français d'un côté, la reine, mère de l'infante de l'autre, sont de la même famille, et en bonne relation : ne pouvait-on, sans recourir à la diplomatie, arriver à la conclusion de ce mariage ? On y a eu recours, et rien de mieux ; mais, après la convention, pour annoncer l'événement, pour se conformer à l'étiquette des cours.

Ces deux familles, traitant du mariage, soit directement, soit par leurs ambassadeurs, devaient, on le comprend, tenir au secret auquel les autres puissances n'étaient pas initiées. Néanmoins, il en était transpiré quelque chose : d'où les conversations d'Eu, les indiscrétions des Anglais, leurs tâtonnements à la recherche du vrai par le moyen du faux, leurs interpellations sans pudeur. A tout cela, le Gouvernement français pouvait ne répondre que ce qu'il jugeait à propos, sans qu'on pût tirer aucune conséquence de ses paroles ; mais la position du ministre des affaires étrangères n'en était pas moins difficile et délicate. Il devait paraître, il est vrai, témoigner à son confrère d'outre-Manche une certaine confiance ; et, pourtant, pour ne pas compromettre le mariage, il lui fallait garder quelque résérve, sinon, son rival intriguait et déjouait ses plans. Il ne restait donc qu'une conduite à tenir, c'était de répondre évasivement : or, c'est ce qu'a fait M. Guizot. Eh ! mon Dieu, ceux qui élèvent la voix contre lui parce qu'il a agi ainsi, le blâmeraient tous les premiers s'il s'y fût autrement pris. D'ailleurs, on sait quel degré d'expansion et de confiance se peut rencontrer entre deux rivaux luttant pour le même intérêt.

Et ce traité d'Utrecht , ceux qui l'invoquent ne peuvent le faire sérieusement sous aucun rapport : ce traité a eu en vue d'empêcher la réunion des couronnes de France et d'Espagne sur le même front. Or, qu'on me dise quelle chance, dans les circonstances actuelles, il y a pour que cette éventualité se réalise, pour que M. le duc de Montpensier puisse seulement l'espérer ? En effet, pour que cette réunion arrive, il faut supposer la mort du roi, des deux fils du duc d'Orléans, du duc de Nemours, du prince de Joinville, du duc d'Aumale et de leurs nombreux enfants, et la survivance du duc de Montpensier à toute sa famille. Y a-t-il probabilité d'un tel malheur ?

Bien plus, il y a une chance contre cet événement. Car, si les Anglais doutent, on ne sait pourquoi, que la reine d'Espagne puisse avoir des enfants de son mari, s'ils regardent comme très-possible que la famille royale s'éteigne entière sans postérité, à l'exception du duc de Montpensier, que lui ou son fils monte au trône de France, et, par la mort de la reine d'Espagne, réunisse les deux couronnes, ne peut-on pas aussi sensément supposer que le mari de la reine d'Espagne meure lui-même? qu'Isabelle se remarie et se voie enfin une postérité?

Et, sur la voie des suppositions, où et pourquoi s'arrêter? Le duc de Montpensier peut mourir aussi, mourir sans laisser d'enfant, ou n'être père que de filles, qu'exclut en France la loi salique. En ce cas, pas de réunion. Comment donc s'embarrasser de l'avenir, au milieu de tant d'éventualités diverses qui doivent faire considérer comme impossible la réalisation des craintes britanniques?

Ce que redoutent plus que tout cela les Anglais, c'est la mort de la reine d'Espagne; c'est, au défaut d'héritier, l'appel au trône de l'infante. Certes, cela est possible, mais nous n'y sommes pas encore. Isabelle est jeune et peut vivre longtemps; que l'Angleterre se console là-dessus. Voudrait-elle donc que l'infante renonçât à son droit? Sur quoi fondrait-elle de semblables prétentions? Quelle opinion a-t-elle du peuple espagnol? Que nos voisins attendent les événements; s'il y a lieu, s'ils ont des droits, qu'ils les fassent valoir alors? Franchement, n'ont-ils pas plus de jalousie de l'éclat de notre belle famille princière que de crainte sur les événements futurs?

Et puis, que signifie ce reproche d'avidité qu'ils font à notre gouvernement au sujet de la riche dot qu'aurait reçue l'infante? Ils accusent le chef de l'État de n'avoir songé qu'à faire un mariage d'argent; mais on n'est pas leur dupe. Tant de plaintes, tant de retours sur cette bienheureuse somme trahissent à tous les yeux un grand fonds d'envie et de rapacité à l'endroit de cette dot.

Quel est le but de tout ceci? de brouiller la France et l'Espagne. On y emploie tous les moyens; mais que les deux peuples ne s'y laissent pas tromper, qu'ils restent unis : ils savent bien ce que valent les protestations de sincérité des Anglais.

Il fallait bien que la colère de l'ambassadeur déçu éclatât de quelque façon, n'importe comment; il a voulu se venger; il n'a rien trouvé de mieux que de faire un affront. Il aurait, dit-on, bien que cela soit difficile à croire, invité, puis désinvité bientôt après le ministre français. Mais, si cela est vrai, comment qualifier un pareil acte qu'on n'oserait se permettre envers le dernier des hommes; si cela n'est pas, ou s'il y a eu malentendu, comment le ministre anglais n'a-t-il pas répondu aux cris de réprobation du public par une justification ou un démenti? Est-ce ainsi que le représentant d'une grande nation se respecte? Ce n'est pas en effet un affront pour notre ministre; il a estimé cet acte à sa valeur; et je reste convaincu que les Anglais d'un sens droit l'ont blâmé et en ont rougi; la reine même en a dû être offensée.

L'ambassadeur anglais a bien, après coup, recherché une entrevue réparatrice; mais tout s'est-il passé comme on devait s'y attendre? Non. Il a fini comme il avait commencé; il a agi avec le sans-gêne d'un particulier qui se réconcilie à table avec un voisin offensé. Que lui fallait-il faire? aller, avec loyauté et franchise, offrir ses excuses au ministre français, effacer la honte de sa blâmable conduite. La chose est encore à faire.

Que l'on me pardonne ces détails, mais c'est que je ne parle pas seulement pour ceux qui font leur étude de la politique; je parle un peu pour tous mes concitoyens : les petits comme les grands aiment à savoir ce qui intéresse l'honneur de leur pays. Je conseille à tous en général, aussi bien qu'aux Espagnols, de ne se fier point aux insinuations des Anglais. Ils veulent brouiller les deux nations, c'est pour en profiter. Chacune d'elles peut soutenir ses intérêts et conserver pourtant entre elles relation et bonne amitié.

En dénigrant les gouvernements de ces deux nations, ils veulent leur faire perdre la confiance de leurs gouvernés : on sait, par exemple, les calomnies odieuses dont les Anglais ont poursuivi Napoléon, dans le but de lui faire perdre la confiance du peuple français. Ils n'ignoraient pas pourtant ce que valait leur ennemi, et leur estime pour lui était aussi grande au moins que la nôtre; mais c'est là leur politique et nous en avons vu les résultats en 1814 et en 1815.

Ils veulent agir de même aujourd'hui avec notre nouvelle dynastie : s'ils ne lui reconnaissaient pas du mérite, ils ne s'acharneraient pas contre elle.

On craint les hautaines puissances du Nord : qu'on les laissent bouder toutes trois jusqu'à ce que ce rôle les fatigue; qu'on abandonne un peu la susceptible Albion à sa mauvaise humeur : certaine petite colère ne messied pas à une jeune reine. Espérons qu'elle reviendra à des sentiments plus bienveillants pour nous, et revisitera l'autre côté du détroit plus gracieuse que jamais.

Quelques gens inquiets redoutent l'isolement et la guerre. Est-il donc possible que 33 millions d'hommes, le peuple le plus enjoué de la terre, redoutent l'isolement ou ne se puissent suffire à eux-mêmes. N'y aurait-il pas dans ce nombre un dixième au moins dont le cœur battrait à une pensée d'honneur ou de danger ? voilà 3 millions 300,000 combattants à opposer à l'ennemi.

Mais vous qui craignez tant la guerre, ignorez-vous donc que notre armée est remplie d'intrépides soldats, et possède un corps admirable de sous-officiers, des officiers formés au métier ; des généraux capables de commander leurs brigades, leurs divisions ; des maréchaux de mérite pour diriger les corps d'armée et les mener à la victoire ; de vieilles gloires aptes encore à les aider de leurs conseils ; des princes qui, dans l'occasion, ont prouvé qu'ils ne craignaient pas le danger, autour desquels, sur terre ou sur mer, on aimera à se rallier ; de bons marins et de bons amiraux, un prince, entre autres, qui, à Mogador et ailleurs, a montré ce qu'on pouvait au besoin attendre de lui ; un roi enfin dont la sagesse a su nous conserver la paix et saurait maintenir l'ordre en cas de guerre ?

Vous craignez la guerre, parce que quatre puissances semblent aujourd'hui nous bouder ! Mais à

quel propos nous feraient-elles la guerre ? Dans la
prévision d'un événement douteux, événement qui,
se réalisât-il, ne ferait de tort à aucune d'elles ?
Mais alors la guerre qu'elles nous feraient serait injuste. Or, on sait avec quelle répugnance un peuple en attaque un autre pour un motif injuste, et
sans provocation ; on sait quelle force morale anime
le peuple injustement attaqué : ces puissances doi-
vènt savoir ce que peut amener une guerre injuste
faite à la France.

Elles doivent se rappeler encore qu'en 1789, ve-
nant sans motif plausible, avec le reste de l'Europe,
se ruer sur la France seule, disons mieux, sur une
partie de la France, une poignée de braves a refoulé
leurs phalanges innombrables : d'un bras, la France
contenait la Vendée, de l'autre, elle repoussait l'ennemi du dehors. Elles savent que, tranquille enfin
du côté de la Vendée, notre petite armée a culbuté
leur masse au delà de l'Allemagne jusqu'à l'extré-
mité de l'Europe ; elles savent qu'attaqués injustement, nous ne comptons l'ennemi qu'après l'avoir
vaincu. Il y a là, avant d'agir, matière pour elles à
réfléchir.

Une guerre même juste pour violation de traité
n'est pas toujours bonne à faire : témoin la guerre
de Russie, en 1812, suite de la violation du traité

conclu entre Alexandre et Napoléon. Le motif de guerre était juste : la Russie avait fait, en faveur des Anglais, nos ennemis, une infraction flagrante aux traités. On a voulu la châtier, empêcher le retour de semblable violation : le remède a été pire que le mal. Quel a encore été le résultat de la guerre d'Espagne, en 1808? Notre belle armée, nos braves soldats y ont rencontré une mort inutile et sans gloire! Voilà le fruit d'une intervention indiscrète dans les démêlés politiques de ses voisins : la leçon a été rude pour les Français; que les puissances d'Europe en fassent leur profit.

On craint la guerre avec les Anglais! c'est là une peur chimérique et sans fondement. Ils doivent la redouter plus que nous; d'ailleurs, qu'y gagneraient-ils? Qu'ils se rappellent seulement ce que leur a valu leur entêtement sous l'Empire; ce qu'étaient alors devenus leur commerce et leurs finances; ce qu'ils ont gagné à leurs plaisanteries sur le camp de Boulogne; ce qu'il est advenu aux Autrichiens gagnés par l'or britannique pour avoir violé le traité fait avec la France; le fruit d'une guerre injuste et les désastres de la campagne des *Quatre-Jours*. Non : l'Angleterre ne s'avancera pas; elle connaît trop sa position qui peut s'analyser en trois mots : Misère en Angleterre, misère en Écosse, misère en Irlande. Elle n'a pas besoin de guerre, c'est assez de fléaux pour elle. Et puis, ses possessions disséminées par tout le globe, n'exigent-elles pas toute son attention ?

Et, à ce propos, disons que notre voisine a vraiment bonne grâce à reprocher à la France ce qu'elle appelle sa manie de conquêtes et son excessive ambition. Où elle-même ne voudrait-elle pas faire des conquêtes ? au delà du monde connu, si elle le pouvait. A-t-elle manqué une occasion d'étendre impunément son empire ? Elle cède à la faiblesse si commune de relever chez les autres l'infirmité à laquelle on est soumis soi-même.

Vraiment, qu'un Français puisse dire aussi ce qu'il en pense, puisque l'Anglais et le Prussien élèvent si haut leur triomphe de Waterloo ! Certes, on eût vu le lion de Waterloo écrasé sous la main du dernier de nos célèbres grognards, sans une indigne trahison, sans une triste fatalité, et qu'était cette fatalité ? si ce n'est que nos héros étaient fatigués de la victoire. Puisque l'Anglais fait ici acte de bonne mémoire, a-t-il oublié cette célèbre bataille de Toulouse où le maréchal Soult, glanant une poignée de braves parmi les débris de l'armée d'Espagne, a soutenu la gloire militaire de la France ? A-t-il oublié que l'illustre maréchal, aujourd'hui président du conseil, profitant en grand capitaine de ses bra-

ves et brûlant lui-même de se mesurer avec le
fameux Wellington, a fait taire l'orgueil de son adversaire et l'a bientôt mené tambour battant! N'au-
rions-nous pas pu ériger là un aigle monstre dans le
genre du lion menteur de Waterloo? Le vainqueur
à Toulouse était un contre deux ou trois; à Waterloo, il était deux contre un. D'ailleurs, si les Français avaient érigé des trophées partout où ils ont
remporté la victoire, et seulement dans le cas d'in-
fériorité numérique, les canons de toutes les armées
de l'Europe n'y eussent pas suffi.

Confiant sur leur succès de Waterloo, que les
Prussiens viennent nous faire une guerre injuste, et
bientôt nous les aurons fait reculer jusqu'à leur fa-
meuse colonne de Rosbach, et mesurer le sol dur
où repose son piédestal.

On craint l'isolement; mais n'avons-nous donc
d'autres voisins que les Anglais? Laissons-les se
calmer, laissons les trois autres puissances se fa-
tiguer de leur bouderie; du reste, occupons-nous
de notre intérieur. Il y a là assez à faire. Songeons
sérieusement à organiser, à coloniser l'Algérie d'a-
près les lois et règlements de la métropole, sur un
pied vraiment français; établissons-y une entière
sécurité qui y attire des colons sérieux et non le re-

but de l'Europe. Puis, s'il nous reste le loisir de songer au dehors, occupons-nous des Espagnols, des Portugais, des Suisses. Intervenons dans leurs affaires, non par les armes, mais en y envoyant des gens sages, prudents, dignes de confiance, porteurs de paroles conciliatrices. La Vendée peut nous servir d'exemple; rien n'y a été fait par la force, tout par un langage de paix et d'union. Usons du même moyen vis-à-vis de nos voisins. Pour récompense de nos efforts, nous recueillerons leur amitié, amitié franche et sincère. Conservons de bonnes relations avec nos autres voisins, et d'elles-mêmes, un jour, les quatre puissances viendront nous demander à rentrer dans un concert européen. Leur bouderie du moins nous aura été utile à quelque chose.

Et, à propos de l'intérieur, disons qu'il est déplorable de voir souvent des rédacteurs de journaux condamnés pour manque de respect au Gouvernement. J'avoue que j'ai peine à comprendre cette conduite irrévérentieuse, de la part surtout d'une portion si éclairée de la société. Partout ailleurs, on voit le souverain et son gouvernement entourés de respect. Cette exception aurait-elle pour cause le degré supérieur de civilisation auquel le peuple français s'est élevé? Or, partout où il y a respect pour le chef de l'État, pour les membres du Gouvernement, il y a aussi la tranquillité. Faisons donc ce qu'il faut pour la conserver.

Cependant, depuis son avénement au trône, le roi des Français a su se respecter, se faire respecter, et aussi faire respecter le nouvel ordre de choses par toutes les puissances qui sont en relation avec notre pays. Plusieurs princes, plusieurs princesses de différents États sont venus le visiter, et la réception qu'ils ont reçue a été digne de l'hôte et des visiteurs. Lui–même a été en Angleterre; ses enfants ont visité diverses cours où ils ont rencontré les égards qui étaient dus à leur rang.

Une princesse, ennemie du Gouvernement, est venue tenter une contre-révolution ; prise, elle pouvait être condamnée ; le roi a usé de sa prérogative royale. Un prince de la famille de Napoléon est venu par deux fois tenter de tristes échauffourées ; comment a-t-il été traité ?... Comme Alexandre fit autrefois pour Porus, qu'à sa demande il traita en roi, le chef de l'État le traite en roi.

« La seconde fois, dit-on, le prince a été retenu en prison ; ce n'est pas là une grâce. » Était-ce donc un châtiment ? Fallait-il lui laisser le loisir de faire une troisième tentative ? Il s'est évadé. Qui du Gouvernement français ou de son prisonnier en est le plus content ?

Ce prince a-t-il donc des droits à régner en France, lorsque le trône est occupé? Non, d'autant moins que l'empereur Napoléon a abdiqué, et que, dans son testament, il défend aux membres de sa famille d'élever de semblables prétentions. Qui a fait l'élévation de cette famille? Napoléon seul. Aucun des siens n'a pu par son ascendant retarder sa chute; preuve de leur peu de pouvoir. Le prestige seul de la gloire de Napoléon les fait quelque chose. Or, la force de l'empereur des Français était toute dans son vaste jugement, dans son génie; et lui-même a jugé que, pour le bien de la France qu'il aimait, nul des membres de sa famille ne devait aspirer au trône qu'autant que les vœux de tout le peuple français l'y appelleraient. Comme Napoléon l'avait prévu, ce cas ne s'est pas présenté : le prince Louis a donc contrevenu à ses ordres.

Je suis, certes, admirateur de l'Empereur; mais, lui mort, son fils mort, sa volonté dernière doit être respectée. Sans doute, je souffre de voir sa famille exilée, j'en souffre, comme si c'était la mienne; mais il faut se soumettre, quand il s'agit de la tranquillité publique. Par les deux attaques imprudentes du prince, on voit bien que la présence de cette famille ne ferait que compromettre l'union et la paix, et entretenir la discorde.

Le peuple français a témoigné le désir de voir

2

reposer chez lui les cendres du grand homme. Le
roi en a fait la demande au gouvernement anglais,
qui y a consenti aussitôt. Le fils même du roi s'est
rendu à Sainte-Hélène et a présidé à la triste céré-
monie de l'exhumation, veillant à ce qu'elle fût faite
avec le respect et la pompe qu'un pareil sujet ré-
clamait. Toute la famille du roi a pris soin sans
doute des apprêts de la réception destinée à un si
illustre défunt. Toute la France a dû applaudir au
souverain ; les soldats de l'Empire surtout lui en
resteront à jamais reconnaissants; c'est qu'il avait
compris la grandeur de Napoléon, et il a voulu l'ac-
cueillir dignement. Il appartenait à un grand roi
de savoir rendre un semblable hommage au grand
génie.

Le roi des Français, sous le rapport de la reli-
gion, a encore fait tout ce qu'il était raisonnable de
faire pour l'union, la paix générale, pour la satisfaction de la nation française.

Le défaut malheureux attaché au caractère fran-
cais, c'est de critiquer sans cesse; ainsi l'on y traite
l'esprit d'ordre, de parcimonie, la direction bien
entendue dans les hautes régions administratives
de despotisme; on accusait la Restauration de pro-
digalité, d'incapacité; on fait au régime actuel le
reproche contraire. Sous l'Empire, on a su trouver
le bien partout où il n'était pas, on a chanté nos vic-

toires, comme le principal mérite de Napoléon, on s'est laissé tromper par nos bons voisins qui savaient bien eux que l'Empereur était pour eux plus redoutable en paix qu'en guerre. Aussi, pour cacher leur jeu, le faisaient-ils passer pour insatiable de sang et de guerre. Les Français s'y laissèrent prendre, et ne firent point tout ce qu'ils pouvaient pour empêcher sa chute. C'était un despote, car les Anglais l'avaient dit. Ils voudraient recommencer aujourd'hui : nous y laisserons-nous tromper encore? Qu'on se convainque d'une chose, c'est que l'Angleterre ne trouverait pas à notre souverain tant de défauts, s'il les avait réellement.

Qu'on examine le roi dans toutes ses actions, on y reconnaîtra un cachet d'ordre, de bon goût; un ton digne et vraiment royal. Qu'on jette un coup d'œil sur les propriétés de la couronne, on les verra dans un état parfait d'amélioration et d'entretien comme elles n'ont jamais été. Est-ce là de la parcimonie? Quand notre cour reçoit ou visite des princes étrangers, y met-il de la parcimonie? Non, tout est grand, tout est digne de notre grande nation. On va même jusqu'à reprocher quelques dons isolés faits aux malheureux, aux victimes de sinistres; mais sait-on tout ce que fait la famille royale? Devra-t-elle afficher ses actes secrets de bienfaisance? Mais ce serait alors vraiment que la critique aurait beau jeu, et les attaques malignes ne manqueraient pas.

D'ailleurs, croit-on le revenu de la couronne iné-
puisable? Pense-t-on qu'il ne faille pas un grand
esprit d'ordre pour suffire à toutes les dépenses
d'entretien des domaines, à la tenue d'une grande
maison royale, à des dépenses enfin inappréciables
au public? Est-il défendu à un souverain de faire
des économies pour faire face à des dépenses impré-
vues, dans des cas extraordinaires? Sait-on comment le roi pourrait employer sa propre fortune en
cas de danger pour la patrie? Napoléon a, de ses
deniers, dépensé pour la France 800 millions; on
ne lui en a guère su gré en 1814 et en 1815! S'il les
avait conservés pourtant, il eût pu alors les employer utilement.

Eh quoi! on reproche au roi de gouverner et de
régner! Lui sera-t-il interdit de faire preuve de caractère et d'énergie, d'aider de ses conseils les autres gouvernants, les autres pouvoirs qui en ont
besoin? Voulons-nous un roi nul qu'on critiquera
encore pour n'être plus ce qu'on lui reproche d'ê-
tre aujourd'hui? Non, non; il est à propos que le
chef de la nation la plus intelligente, la plus spiri-
tuelle du monde, montre qu'il voit par ses yeux et
entend de ses oreilles.

De cet ensemble de réflexions et d'appréciations

résulte clairement le haut mérite de notre souverain.
Que la Providence puisse veiller sur des jours qui
nous sont si précieux! Puisque c'est à propos de
M. le duc de Montpensier que ceci est écrit, reve-
nons à lui pour parler aussi de l'ensemble de sa famille. Peut-on voir sans orgueil une famille aussi
belle, aussi unie, aussi paisible, et de mœurs aussi
régulières? Tous les membres ne paraissent avoir
qu'une seule et même volonté. Félicitons-nous de
voir la famille royale de France servir ainsi de mo-
dèle à toutes celles de l'Europe. Pour la compléter,
une personne manquait : grâce au libre choix que
vient de faire le duc de Montpensier, cette lacune a
été heureusement remplie. C'est à la liberté reven-
diquée à la Chambre des Pairs par le duc d'Orléans
dont la perte afflige encore tous les cœurs vraiment
français; liberté, dis-je, de se choisir une épouse à
quelque croyance qu'elle appartînt, c'est à elle que
nous devons de posséder la vertueuse princesse Hélène
de Mecklembourg. La mère de notre roi futur n'a
pas eu besoin d'être fille d'empereur romain pour
comprendre noblement le respect qu'elle se devait
à elle-même, celui qu'elle devait à son auguste et
malheureux époux comme à ses royaux enfants. Un
jour, son fils, sur le trône, sera fier de la voir près
de lui, heureux de recevoir ses sages conseils. Cette
princesse a su dignement imiter les hautes vertus
de son auguste belle-mère.

INCORPORATION

DE CRACOVIE A L'AUTRICHE

Ce que je dirai des événements de la Pologne pourra choquer quelques-uns de mes concitoyens; qu'on me permette pourtant de m'exprimer sur ce sujet avec une entière franchise. On assimile les Polonais aux Français pour les sentiments nationaux et la bravoure, et l'on est d'accord sur ce point qu'ils doivent être par nous considérés comme des concitoyens. C'est le peuple du bon roi Stanislas, nous le savons : passant dans l'ancienne capitale de la Lorraine, on ne peut s'arrêter devant la statue de ce roi bienfaisant sans lui donner une larme, sans faire des vœux pour nos braves compagnons d'armes, sans songer avec attendrissement à l'intrépide et malheureux Poniatowski.

Mais que faire pour les Polonais? Rien que des vœux pour leur bonheur, les appelant à nous, leur donnant une bienveillante hospitalité. La Pologne est séparée de nous par une trop grande distance pour que nous puissions la secourir plus efficacement.

Une grande faute a été commise sous l'Empire; elle est irréparable. Quand l'armée française marchait, en 1812, sur la Russie, au lieu d'aller plus loin, elle eût dû organiser la Pologne en royaume et y établir roi le prince Poniatowski, organiser une armée polonaise, soutenir cette organisation par nos armes, faire des traités avec les puissances environnantes, rester neutre avec la Russie et se tenir uniquement sur la défensive, contre le débordement possible des Russes. Voyant dans la Pologne une nation paisible, la Russie eût fini par traiter avec elle de puissance à puissance. On n'a pas saisi l'occasion, et, plus tard, il n'a plus été temps ; la fatale issue des campagnes de 1814 et de 1815 a mis désormais la France dans l'impossibilité d'aider autrement les Polonais que par des conseils, chose à laquelle malheureusement on n'a pas songé.

Par suite du traité de Vienne en 1815, traité qui promettait la nationalité polonaise, la France elle-même s'est vue forcée de se plier aux circonstances ; elle a perdu des villes, de celles mêmes qu'elle devait à Louis XIV. Que pouvait-elle faire ? Se résigner : elle l'a fait. Elle eût désiré conserver les limites naturelles que lui trace le Rhin ; les peuples de la Prusse et de la Bavière rhénanes eussent consenti bien volontiers à rester Français ; ils le demandaient même ; pourtant, qu'ont-ils fait ? Il se sont résignés, et bien leur en a pris pour leur tranquillité.

Si le peuple polonais, dans les parties incorpo-
rées à la Russie, à l'Autriche et à la Prusse, avait
agi de même ; s'il eût gardé la tranquillité ; s'il se
fût soumis franchement à la puissance à laquelle il
se trouvait incorporé ; s'il se fût livré à l'agriculture, au commerce, à l'industrie en général ; si le
petit État de Cracovie se fût maintenu sagement en
paix, ne rêvant plus que commerce et industrie;
s'il se fût à la longue enrichi ou du moins mis à
l'aise, ce qui peut arriver en trente ans ; si, dans ses
relations commerciales avec la Russie, l'Autriche et
la Prusse, il se fût sans arrière-pensée montré franc
et loyal ; si, enfin, il n'avait jamais laissé apercevoir
de velléité d'insurrection pour rétablir forcément la
nationalité polonaise, certes, aujourd'hui, ce peuple
aurait conquis une heureuse aisance qui lui per-
mettrait de faire quelque chose. Grâce surtout à la
soumission qu'eussent montrée les soldats polonais
servant dans les armées des trois puissances, soumission qu'ont su avoir les jeunes militaires des pro-
vinces rhénanes, prussienne et bavaroise, la Pologne,
revendiquant aujourd'hui aux trois puissances la
nationalité qu'elles lui avaient promise, l'aurait
certainement obtenue. En pareil cas, la France serait intervenue diplomatiquement ; elle aurait fait
ressortir la soumission des Polonais dans l'armée,
leur bonne conduite vis-à-vis des peuples auxquels
on les avait incorporés, leur habitude du travail,

enfin, tout ce qui pouvait militer en leur faveur ;
elle se serait portée caution des bonnes relations
que le peuple polonais voudrait désormais entretenir avec les trois puissances : celles-ci se fussent
sans doute laissé fléchir, et le royaume de Pologne
eût été rétabli.

Loin de là, quelques esprits inquiets et remuants,
ne rêvant que résurrection de nationalité, au lieu de
s'occuper d'améliorer leur sort dans la paix et le
repos des armes, par l'étude, le travail, le commerce
et l'industrie en général, se faisaient des chimères,
soulevaient des insurrections, excitaient ceux mêmes
qui étaient tranquilles et se précipitaient avec eux
dans un abîme : car que pouvaient-ils faire ?... Le
mouvement était aussitôt réprimé, et les bons étaient
punis avec les mauvais.

Au contraire, si les Polonais s'étaient sagement
conduits dans les rangs des armées auxquelles on
les avait mêlés ; s'ils avaient cherché à gagner l'estime de leurs chefs par l'étude, l'exactitude, le dé-
vouement, ils auraient obtenu des récompenses pro-
portionnées à leur mérite : nous en avons la preuve
dans les Français qui ont habité ces pays et qui ont
obtenu le prix de leurs services, bien que ces puissances n'aient pas plus d'affection pour la nation
française que pour les Polonais. Et je suis bien

persuadé que, dans toute la famille polonaise, il y a
quelques membres qui sont dans ce cas, et ont obtenu la confiance de leur nouveau gouvernement :
pourquoi faut-il que la totalité n'ait pas agi de
même ?

Après notre révolution de 1830, les Polonais ont
aussi voulu faire la leur, et cela, parce que les Français avaient réussi. Mais quelle différence, grand
Dieu ! entre la France riche, forte, bien organisée,
et la Pologne pauvre, faible et disloquée ! La France
n'avait affaire qu'à elle-même, la Pologne avait à
lutter contre trois puissantes nations. Que pouvait-
elle espérer ? Elle avait des hommes courageux, mais
pas d'argent : sans argent, il n'y a pas d'armée ; sans
armée organisée, il n'y a pas de résultat possible.
Les trois puissances possédaient, au contraire, tout
ce qui manquait aux révoltés, argent et armée : la
révolution polonaise ne pouvait donc être qu'une
parodie malheureuse de celle de France.

Celle des Belges a réussi ; mais le cas était encore
bien différent. Ici, c'était la Belgique se séparant de
la Hollande pour être indépendante : les deux peuples disposaient des mêmes forces et pouvaient lutter
sans fin l'un contre l'autre, et se faire réciproque-
ment beaucoup de mal. La France, d'accord avec
l'Angleterre, et dans l'intérêt des deux peuples, est in-

tervenue pour faire cesser la lutte. Aujourd'hui, tout est pour le mieux; tranquillité de part et d'autre.

Dans son propre intérêt, ce n'était ni la France ni la Belgique que la Pologne devait imiter; elle devait faire de nécessité vertu, et de deux maux choisir le moindre : c'était la Prusse et la Bavière rhénanes qu'elle devait, pour sa tranquillité, prendre pour modèles. Par là, comme je viens de le dire, elle avait la chance de pouvoir réhabiliter en ce temps sa nationalité, au lieu de voir son dernier lambeau incorporé à l'Autriche (1).

Les trois grandes puissances sont accusées aujourd'hui d'avoir violé le traité de Vienne. Elles s'excusent en disant que « Cracovie était un foyer d'insurrection; que les insurgés venaient exciter à la révolte leurs voisins paisiblement soumis. » Ces ré-

(1) J'ai dit qu'il fallait que la Pologne imitât la Prusse et la Bavière rhénanes sous le rapport de la résignation et de l'application à l'industrie; en voici la raison. Ces deux pays ont un sol pauvre, misérable même; pourtant les habitants en paraissent heureux, parce qu'ils s'occupent de l'agriculture. Remarquant que la terre est trop peu riche pour produire du blé, ils y cultivent le seigle, l'orge, l'avoine, le sarrasin; ils cultivent les pommes de terre dans les meilleures conditions ; ils améliorent leurs prairies ; de plus, ils élèvent des bestiaux, bœufs et moutons, qu'ils vendent à la France. Ainsi, ce peuple, vivant obscur, mais tranquille et pacifique, a su, avec de mauvaises terres, trouver le moyen de se procurer de bonne viande à deux décimes le demi-kilogramme et en fournir à la France; tandis que la France, avec son sol riche, est forcée d'emprunter à l'étranger une partie de sa nourriture. Ce n'est donc pas toujours l'esprit de nationalité qui fait le bonheur.

criminations sont vraies ou ne le sont pas. Fera-t-on
une enquête pour reconnaître la vérité ? Comment
fera-t-on cette enquête ? Les puissances sont-elles
fondées dans leur assertion ? les Polonais ont eu tort
d'agir ainsi ; mais les puissances lésées ne devaient
pas se rendre justice elles-mêmes ; elles devaient
entendre les autres peuples signataires du traité.
Que faire en ce cas ? Les puissances ont-elles avancé
un fait inexact ? elles ont eu des torts bien graves.
Mais encore que veut-on, que peut-on faire ?

Irons-nous, pour rétablir la nationalité polonaise,
passer sur le corps de tous les peuples qui se trouvent entre la France et la Pologne, courrons-nous le
risque d'une guerre européenne ? Non ; le Gouvernement français a fait, ce me semble, ce qu'il devait faire en protestant contre l'acte ; et le peu de
mots que le roi a prononcés dans le discours du
trône étaient dignes et suffisants. En dire plus, c'eût
été se répéter.

Qu'a donc à faire aujourd'hui la France à l'égard
des Polonais ? Les engager à se résigner, et à se con-
duire désormais comme ils l'auraient dû faire de 1815
à 1847 : il vaut mieux commencer tard que ne jamais
commencer. Les temps changent : sagesse et patience,
et peut-être viendront-ils à reconquérir leur nationalité. Soumis franchement, livrés à l'étude, au tra-

vail, occupés de commerce et d'industrie, ils amélioreront leur sort, et, en tout cas, ils arriveront plus tôt et plus sûrement à leur but par la persuasion que par la force.

Que le Gouvernement français engage les Polonais à aller peupler l'Algérie : or, je ne veux pas dire l'Algérie telle qu'elle est, un véritable chaos, mais l'Algérie organisée; autrement ils feraient mieux de rester dans la Pologne asservie. Que la France s'entremette auprès des trois puissances pour que les Polonais puissent vendre leurs biens, en toucher le prix, et obtenir la permission de se rendre en Algérie ou en France : ils y seront reçus en concitoyens.

DE LA MISÈRE GÉNÉRALE

Les deux faits que nous venons d'examiner sont consommés.

Abordons un sujet dont il est urgent de s'occuper plus positivement, plus sérieusement qu'on ne l'a fait jusqu'à présent : je veux parler de la misère générale dont souffrent les classes inférieures de la société. C'est l'agriculture trop négligée qui l'amène; car cette négligence produit la rareté et la cherté des vivres, et, par suite, la rareté du numéraire, la stagnation du commerce, enfin l'insuffisance des travaux. La classe ouvrière, sans travail, est plus à plaindre que l'indigent lui-même, à la campagne surtout, où l'ouvrier qui cultivait n'a plus à beaucoup près la récolte passable qu'il obtenait dans les années ordinaires : il est obligé d'acheter à force de travail ce qui lui manque en récolte, et, s'il n'a pas de travail, comment fera-t-il?

L'indigent ne craint pas de mendier : il demande une fois, deux fois, trois fois; il crie, il frappe à la porte et reçoit enfin. Mais l'ouvrier n'ose pas mendier; et, s'il n'a pas chez lui de pain pour se nourrir avec sa famille parce que le travail qui a cessé ne lui permet pas de gagner, comment fera-t-il? Il mourra de faim. Que d'autres malheureusement sont dans le même cas ! Que de pauvres que nous nommons honteux périssent victimes de leur silence !

Que si l'on hâtait les travaux de chemins de fer et autres ; si l'on augmentait les travaux en certaines localités, si on les devançait dans d'autres, on y gagnerait de les voir exécutés plus tôt qu'on ne comptait, et d'avoir soulagé les malheureux tout en favorisant le commerce. En effet, les nécessiteux viendraient sans bruit gagner leur journée, un moyen d'existence, une ressource pour arriver à la prochaine récolte sans plus de malheurs.

Les formalités se remplissent trop lentement dans les bureaux pour monter du dernier au premier degré de l'administration ; on passe trop de temps à faire les études, les plans, les devis estimatifs, les tracés, enfin à préparer l'exécution.

Il y a des départements en France où le commerce et l'industrie emploient un grand nombre de bras, comme ceux d'Alsace, par exemple ; il en est d'autres qui en occupent beaucoup moins, comme la Meurthe et la Moselle. Pour ces départements, et tous ceux qui sont dans le même cas, que l'on avance les travaux utiles; que l'on donne de l'ouvrage aux nécessiteux sur toutes les lignes de chemins de fer à établir; qu'on se mette à l'œuvre des chemins de grande vicinalité en projet depuis si longtemps, dont quelques-uns n'attendent plus que le tracé; en attendant, qu'on fasse arracher des pierres, etc., etc.

Que les préfets, les sous-préfets s'informent auprès des maires de communes rurales des travaux qui devraient être faits; qu'ils les autorisent à réunir leurs conseils municipaux pour délibérer sur les fonds à allouer aux bureaux de bienfaisance et sur les travaux à exécuter. Ils s'en occupent, on le sait; mais il y a plus à faire : il faut marcher en avant jusqu'à ce que le but soit atteint.

Qu'ils donnent des ordres aux ingénieurs de départements, d'arrondissements, de cantons, pour hâter les travaux de plans, de devis, de tracés; que ces ingénieurs ne craignent plus de se rendre sur les lieux par de mauvais temps : il s'agit de soulager les malheureux. Quoi! l'on se jette à l'eau, en danger de périr, pour sauver son semblable, et l'on craint, pour donner à vivre à toute une population, quelques légers inconvénients!

Que les préfets et les sous-préfets aillent eux-mêmes jusque dans les communes rurales stimuler les autorités locales, juger de leurs propres yeux de la bonne volonté qu'on témoigne ; que chacun y apporte un ferme vouloir : ce n'est pas là une médiocre charité.

Nous ne parlons pas ici des villes : elles savent s'arranger ; mais des campagnes, de celles surtout qui sont éloignées de l'autorité supérieure, où çà et là se peut rencontrer un bon maire, zélé et intelligent, mais où se trouvent quelquefois des maires insouciants, n'ayant d'autre mérite pour l'être que leur bonne foi ; des maires despotes, ne voulant faire qu'à leur tête, ne donnant suite aux délibérations prises par le conseil que quand elles sont de leur goût ; des maires qui ne sont arrivés à ce poste que par des moyens honteux et qu'on rougit de signaler ; des maires enfin nommés, au regret de l'autorité supérieure, faute d'autres qui soient capables de remplir ces fonctions. C'est dans ces communes mal administrées que l'autorité supérieure devrait surtout entendre le conseil.

« Puisque nous sommes si bien en veine de médisance, ne laissons pas échapper l'occasion de parler un peu de la manière dont se rend en France la justice, ce qui ne contribue pas peu à la misère et au malaise général.

3

» Ainsi, chacun se plaint qu'en apportant quelque
affaire à un tribunal, on sait bien quand on commence, mais jamais quand on finira : ce sont des
ruses d'avocats pour retarder l'affaire, pour dégoû-
ter l'adversaire, lui faire négliger ses intérêts et le
gagner par cette négligence même; c'est, dans les
débats, une accumulation de points de droit sur
points de droit, l'avocat ne voulant reconnaître que
le droit pour étouffer le fait, et, par là, faire perdre
le bon droit. MM. les avocats croient qu'il est impossible de gagner un procès par le point de fait,
qu'il faut y mêler du droit, qu'autrement il serait
honteux de gagner son procès. Pierre fait tort à
Paul : il veut réclamer en justice. Certes, son avocat
n'ira pas sottement examiner si le fait existe, et s'il
existe, le prouver au tribunal; il s'occupera, au contraire, du point de droit. Ainsi, il examinera si
Pierre avait le droit de faire tort à Paul. De là des
discussions interminables; à ce point, que ni la partie lésée, ni les juges ne savent qui a le droit de son
côté : d'une affaire claire, les avocats ont fait un
dédale où l'on se perd nécessairement, dans lequel
ils se trouvent égarés eux-mêmes par leur faute. Il
en résulte que, souvent, avec le meilleur droit, à
force de points de droit, vous finissez par avoir tort.
La première audience cependant devait terminer
l'affaire. Pierre a fait ou n'a pas fait tort à Paul; si
le fait est avoué ou prouvé, Pierre doit être con-

damné à des dommages-intérêts ; au cas contraire,
Paul sera condamné pour avoir accusé Pierre injustement.

» D'un autre côté, dans les tribunaux, dans ceux
surtout des petites villes éloignées des cours royales,
il y a trop de *camaraderie* : les juges, par le moyen
que donnent les avocats de dénaturer les causes en
étouffant le point de fait par le point de droit, peuvent juger comme ils l'entendent. Ils peuvent pres-
que être injustes sans encourir le reproche d'injustice.

» Entre MM. les avocats, il est désormais bien reçu,
bien établi qu'on n'attaque, qu'on ne défend que par
le point de droit ; qu'autrement on déshonorerait
l'état , on mériterait d'être rayé du tableau de
l'ordre.

» Et puis, MM. les chefs des parquets, notamment
ceux des tribunaux des petites villes, oublient qu'en
créant des procureurs généraux ou des procureurs
du roi, le législateur a entendu que bonne justice
fût rendue au moyen de cette institution. Beaucoup
s'imaginent que, parce qu'ils ont mission de soutenir l'intérêt de l'Etat, de protéger l'orphelin, la
veuve, l'absent, ils peuvent, pour faire justice, exiger une injustice ; ainsi, par exemple, que, quelque

droit qu'ait le majeur vis-à-vis de l'État, des orphe-
lins, des veuves, des absents, ils doivent toujours
soutenir qu'il a tort.

» Non, il n'en est pas ainsi. Le législateur a créé
cette institution pour surveiller l'exécution des lois,
pour qu'il fût fait bonne justice partout et toujours.
Il a voulu que les chefs de parquet fussent toujours
armés de sévérité : non d'une sévérité arbitraire,
colérique, capricieuse, qui les fait ressembler souvent à des despotes, mais d'une sévérité paternelle.
On peut être sévère, mais on n'est jamais dispensé
d'être quelquefois tolérant ; il n'est pas permis de
transiger avec son devoir ; il est permis de croire
qu'on doit laisser quelque chose au jugement, mais
en abuser, c'est une action condamnable.

» Que les chefs de parquets des deux premiers de-
grés ne perdent donc pas de vue la conduite du principal chef de parquet d'aujourd'hui, pour la ligne
de devoir à suivre, pour la sévérité de principe et
d'équité ; bientôt ils en auront pris l'habitude. C'est
l'équité qui est le meilleur guide.

» Devons-nous parler des formalités à remplir en
cas de faillite, où quelquefois, lorsque les créanciers
n'auraient que peu ou point du tout à perdre, tout
se trouve mangé en frais. A quoi cela tient-il ? A un
vice dans la législation.

» Parlerons-nous de la loi sur l'expropriation forcée ordinaire, et sur la vente des biens de mineurs, ou entre majeurs et mineurs; loi qui, malgré son dernier amendement, est encore défectueuse ? Le législateur, en écrivant cette loi, n'a songé qu'aux riches; il a oublié les pauvres. Pour vendre un immeuble important par expropriation, si un mineur est intéressé, on comprend qu'il ne faut pas agir à la légère. La loi, pourtant, semble avoir oublié qu'il y a plus de petites propriétés qu'il n'y en a de grandes. Sans cela, n'eût-elle pas établi une différence tranchée entre la petite et la grande propriété ? Il y a des maisonnettes de 150 francs, des champs de 20 ares, d'une valeur de 5 à 100 francs : pourquoi sur ces propriétés exiger des formalités à remplir qui coûtent plus que les propriétés elles-mêmes ne valent ?

» Quel est le but du législateur ? C'est le bien. Or, où sera le bien qu'a voulu la loi, si, d'après elle, pour vendre un immeuble de la valeur de 100 fr., on est obligé de faire pour 200 fr. de frais ? N'en eût-on que 100, que 50 même, pourquoi ne pas avoir assez de confiance dans un conseil de famille, dans un juge de paix, dans un notaire ? Est-ce parce que toute la procédure aura passé entre les mains d'un avoué qu'elle aura plus de mérite ?

» Je le répète, quel est le but de la loi ? C'est de

vendre sérieusement, gravement, en toute assurance,
un immeuble, pour en assurer la valeur aux créanciers ou aux autres intéressés, pour que personne
ne soit lésé ; mais, si c'est la loi elle-même qui lèse,
où sera sa sagesse ?

» Dans l'état présent des choses, quand l'immeuble a peu de valeur, on ne peut vendre sans danger ;
il faudrait donc abandonner l'immeuble ou la ga-
rantie qu'on a sur l'immeuble. Ainsi la loi rend
souvent le débiteur de mauvaisa foi, parce qu'il se
met à l'abri même de l'action du créancier, en lui
disant : « Si tu me poursuis pour avoir les 100 fr.
» que je te dois, tu n'auras rien ; bien loin de là,
» comme tu feras pour 200, 300, 400 fr. de frais,
» l'immeuble n'en valant que 100, il ne me restera
» plus rien, il est vrai, mais toi, tu seras obligé de
» compléter la somme des frais. »

» Pourquoi ne pas fixer que tout immeuble qui ne
dépassera pas un revenu correspondant à celui d'un
capital de mille francs sera licité par devant notaire
après une simple publication par affiche dans la
commune où est situé l'immeuble, seulement après
autorisation du conseil de famille sous la présidence
du juge de paix ?

» Un commandement de trente jours serait-il resté

infructueux, il serait présenté par un créancier au juge de paix, qui nommerait un notaire pour faire la vente à la requête du ou des créanciers, après une simple affiche, comme nous l'avons dit plus haut pour les mineurs. Le prix de la vente serait distribué aux créanciers, d'après leurs droits, en suivant les règles en usage ; mais sans ouverture d'ordre, au bout d'un an de la vente, pour donner aux créanciers le temps de se mettre en mesure. Le notaire ferait un acte de distribution d'après les droits des créanciers, acte qu'il ferait connaître par une affiche à la porte de son étude. Cet acte de distribution aurait lieu une quinzaine au plus tard après trois mois de date de la vente; trois mois plus tard, tout créancier non inscrit ou n'ayant pas fait en temps utile ses réclamations serait forclos.

» Je reviens à mon point de départ : je dis que tous se plaignent des vices que je viens de signaler; les législateurs, les tribunaux, les parquets, les syndics dans les faillites, tous avouent le mal, qui pourtant continue. Que ne profite-t-on de ce moment d'isolement dont on se plaint tant pour faire cette réforme? Un nouveau directeur arrive pour mettre en mouvement la machine : ce serait le cas de commencer par faire une visite soignée de tout le mécanisme, pour remettre tout en place. On sait que le moindre déplacement gêne souvent le bon

mouvement de l'ensemble, occasionnant ordinaire-
ment un ébranlement général. »

On veut parler de guerre. Eh! mon Dieu! en voilà
bien une, et une terrible, que l'État et les gens aisés
sont contraints de faire à leur bourse. Et notre
pays n'est pas le seul malheureux : qu'on jette les
yeux sur l'Irlande.

La guerre véritable, heureusement, commence à
sortir de nos mœurs. Croit-on, par exemple, que les
chemins de fer n'aient d'autre but que la stratégie,
le transport plus rapide d'une armée en face de l'ennemi? Non, non. C'est par instinct que s'établissent
ces chemins de fer. C'est un acheminement à la civilisation générale; c'est un entraînement de peuple à peuple, un moyen plus facile ds communica-
tions, une aide mutuelle plus aisée à se prêter, un
procédé plus rapide pour faire parvenir les denrées
abondantes d'un pays à un autre qui en est privé. Si
ces chemins étaient aujourd'hui terminés, de quelle
utilité ils seraient! Certaines localités ne manqueraient pas ainsi totalement des choses nécessaires,
car il ne suffit pas que le blé importé de l'étranger
aborde à Toulon, à Marseille, au Havre, à tout autre
port, il faut encore qu'il pénètre en temps oppor-
tun aux régions qui en manquent ; sinon, le moindre retard fera de nombreuses victimes.

On parle encore de guerre ; mais ne craignons
pas, ce bruit n'est pas sérieux. Le temps approche
où un Français, rencontrant un étranger, au lieu
de le toiser de pied en cap comme autrefois, son-
geant à la poignée de son épée, lui tendra une main
amie et lui offrira une hospitalité bienveillante et
vice versá.

L'époque n'est pas éloignée où les rois, au lieu de
songer à se faire la guerre, en sacrifiant leurs peuples, se réuniront comme aux jeux solennels de la
Grèce antique, pour établir entre eux un concours
dont le programme sera... Que la palme soit offerte
à celui d'entre eux qui rendra ses sujets les plus
heureux.

Ne nous effrayons donc pas de l'avenir, mais songeons au présent. Soulageons les malheureux, et
celui qui là-haut sait et voit tout nous sourira !

Imprimerie de J. FREY, rue Croix-des-Petits-Champs, 33.

www.ingramcontent.com/pod-product-compliance
Lightning Source LLC
Chambersburg PA
CBHW061650180626
46818CB00003B/1042